Os filhos de Lir
The Children of Lir

Retold by Dawn Casey

Illustrated by Diana Mayo

mantra

Escutem! Quero-vos contar a história dos Filhos de Lir.

Há muito, muito tempo, quando a terra era jovem e havia sempre um ambiente mágico no ar, vivia um rei chamado Lir.

Lir fazia parte dos Tuatha Dé Danaan, a raça divina que reinava por toda a Irlanda verde e a sua mulher era a filha mais velha do Rei Supremo.

Foram abençoados com quatro filhos: três rapazes e uma única rapariga, chamada Fionnuala. A Fionnuala era a mais velha, a seguir nasceu o Aed e depois nasceram os jovens gémeos Fiacra e Conn. O rei adorava os seus filhos mais do que qualquer outra coisa no mundo, e, durante um tempo, foram felizes.

Listen! I will tell you the story of the Children of Lir.

Long ago, when the earth was young and there was always magic in the air, there lived a king named Lir.

Lir was one of the Tuatha Dé Danaan, the divine race which ruled over all green Ireland, and his wife was the eldest daughter of the High King.

They were blessed with four children: three sons and a single daughter, Fionnuala. Fionnuala was the eldest and next came Aed, and then the young twins Fiacra and Conn. The king loved his children more than anything else in the world, and, for a while, they were happy.

Pouco depois dos gémeos terem nascido a rainha faleceu. O rei ficou de coração despedaçado pela dor, mas as crianças precisavam de uma mãe. E assim Lir casou novamente, com a segunda filha do Rei Supremo, a Aoife.

No princípio, a Aoife era carinhosa e sorridente, e estava sempre cheia de vida. Porém ela viu o quanto profundamente Lir adorava os seus filhos, e ela começou a ficar com ciúmes. O seu coração leve começou a ficar pesado com ódio, e ela começou a fazer magia negra . . .

But soon after the twins were born the queen died. The king was heartbroken, but the children needed a mother. And so Lir married again, to the High King's second daughter, Aoife.
At first Aoife was caring, and always full of life and laughter. But she saw how deeply Lir loved his children, and she grew jealous. Her light heart grew heavy with hate, and she began to practise dark magic…

Uma manhã cedo a rainha levantou os filhos e levou-os ainda sonolentos e a bocejar, para um lago solitário, e mandou-os tomar banho na água.

"Nadem e brinquem, meus queridos," disse-lhes ela, a sua voz tão doce e espessa como se fosse mel.

Early one morning the queen woke the children and led them, sleepy and yawning, to a lonely lake, and sent them into the water to bathe.

"Swim and play, my dears," she told them, her voice as sweet and thick as honey.

Aos gritos e aos guinchos os três rapazes foram logo chapinar na água, mas a Fionnuala hesitou.

"Vá nadar!" mandou a rainha. E vagarosamente a rapariga entrou dentro da água.

The three boys splashed into the water at once, shrieking and shouting, but Fionnuala hesitated.

"Swim!" the queen commanded. And slowly the girl waded into the water.

Fionnuala olhava para a sua madrasta. O calor desapareceu do seu corpo conforme viu a Aoife tirar uma varinha druída das pregas da sua capa.

Levantando os seus braços, a Rainha começou a entoar um cântico; um encantamento hipnótico, e baixou a varinha, tocando nas crianças, uma de cada vez, na testa.

Imediatamente, onde, uma vez a Fionnuala, Fiacra, Aed e Conn tinham estado a nadar, agora flutuavam quatro cisnes brancos e belos.

Fionnuala watched her stepmother. The warmth drained from her body as she saw Aoife draw a Druid's wand from the folds of her cloak.

Raising her arms, the queen began to chant a hypnotic incantation, and she brought the wand down, touching the children, each in turn, upon the brow.

In an instant, where once Fionnuala, Fiacra, Aed and Conn had swum, there now floated four beautiful white swans.

"Filhos de Lir!" entoou a Aoife, "Amaldiço-vos! Vocês viverão como cisnes durante 900 anos! Terão de passar 300 anos aqui neste lago, 300 no friorento Mar Irlandês e os últimos 300 no tempestuoso Oceano Atlântico."

As crianças estavam aterrorizadas e batiam as suas asas freneticamente, suplicando que ela as libertasse. Mas a Feiticeira apenas se desatou a rir. "Vocês nunca serão libertados, até uma Rainha do Sul se casar com um Rei do Norte, e ouvirem o som de um sino a repicar uma nova fé."

"Children of Lir!" Aoife intoned, "I curse you! You will live as swans for nine hundred years! You must spend three hundred years here on this lake, three hundred on the cold Irish Sea and the last three hundred on the wild Atlantic Ocean."

The children were terrified and beat their wings frantically, begging her to set them free. But the Sorceress only laughed. "You will never be free, until a queen from the South marries a king from the North, and you hear the sound of a bell ringing out a new faith."

"Oh Aoife," suplicou a Fionnuala com a sua madastra, "não seja tão cruel!"

A Aoife pausou, lembrando-se como tinha uma vez sido uma mãe para as crianças e o seu coração de pedra enfraqueceu um pouco. "Vocês serão capazes de cantar com as vossas próprias vozes, e a vossa canção será a mais encantadora que o mundo alguma vez tenha ouvido."

E com isso a rainha fugiu da margem.

"Oh Aoife," Fionnuala pleaded with her stepmother, "do not be so cruel!"

Aoife paused, remembering how she had once been a mother to the children, and her hard heart softened a little. "You will be able to sing with your own voices, and your song will be the sweetest that the world has ever heard."

And with that the queen fled from the shore.

Ela foi logo ter com o seu pai, Bodb o Vermelho, o Poderoso Rei dos Tuatha Dé Danaan. Mas o Poderoso Rei ficou chocado com a acção da sua filha. "Aoife, minha filha," rugiu ele, "o que foi que tu fizeste!" e bateu-lhe com a sua varinha druída. A traiçoeira rainha foi transformada num Demónio do Ar, para ser atirada aos ventos para toda a eternidade.

Numa noite de tempestade ainda é possível ouvir os seus uivos.

She ran straight to her father, Bodb the Red, mighty king of the Tuatha Dé Danaan. But the High King was horrified by his daughter's deed. "Aoife, my daughter," he boomed, "what have you done!" and he struck her with his Druid's wand. The treacherous queen was transformed into a Demon of the Air, to be tossed on the winds forever.

On a stormy night you can still hear her howls.

Entretanto, o Rei Lir procurou por todos os lados, os seus filhos. Assim que se aproximou do lago as crianças-cisne chamaram o seu nome. Lir ouviu as vozes dos seus filhos, mas apenas viu quatro cisnes brancos. Depois, num momento terrível, ele apercebeu-se. O rei sentiu as lágrimas a virem aos seus olhos, e rolarem pelo rosto abaixo, conforme correu para abraçar os seus filhos, mas, sem braços, eles não puderam retribuir o seu abraço.

Meanwhile, King Lir searched everywhere for his children. As he came to the lake the swan-children called out his name. Lir heard his children's voices, but saw only four white swans. Then, in a terrible moment, he understood. The king felt tears come to his eyes and they rolled down his cheeks as he rushed to embrace his children, but, without arms, they could not hug him back.

Fionnuala viu a angústia na cara do pai, e ansiosa de o consolar, começou a cantar. Os seus irmãos acompanharam-na, elevando as suas vozes para os céus. Oh! O brilho prateado da Lua estava nessa canção. Era mais suave do que qualquer voz humana, e mais melodiosa do que qualquer canção de ave.

Enquanto o velho rei ouvia a linda música a dor do seu despedaçado coração se aliviava.

Fionnuala saw the anguish on her father's face, and longing to comfort him, she began to sing. Her brothers joined in, lifting their voices to the skies.

Oh! The silver of the moon was in that song. It was softer than any human voice, and sweeter than any bird song.

As the old king listened to the beautiful music his broken heart was soothed.

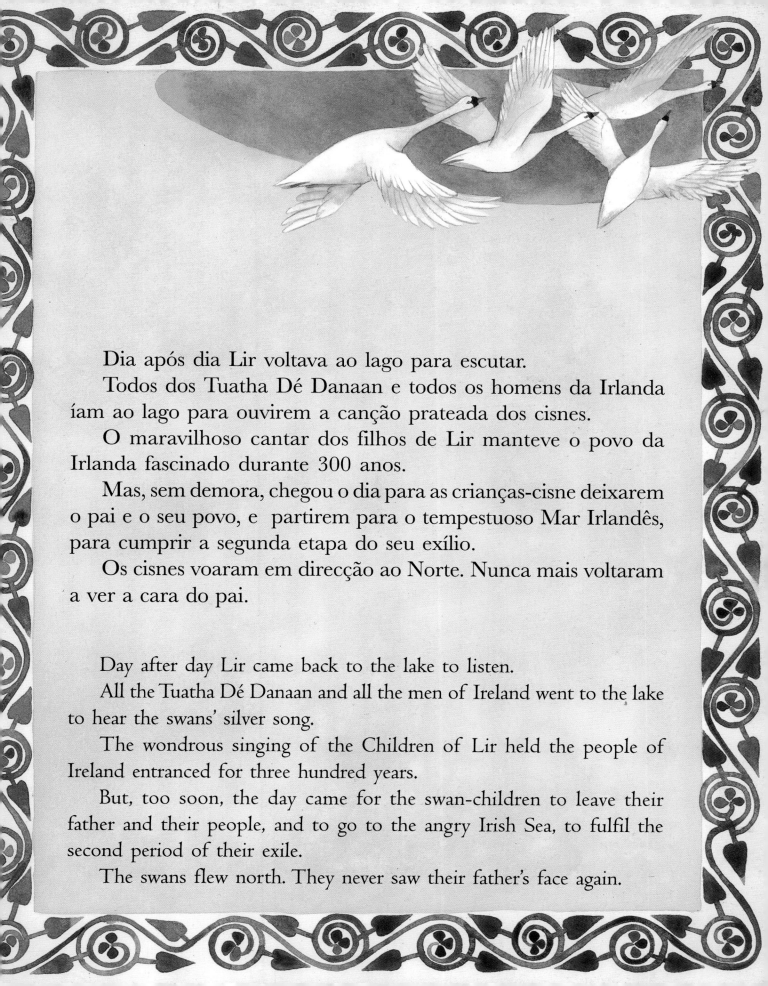

Dia após dia Lir voltava ao lago para escutar.

Todos dos Tuatha Dé Danaan e todos os homens da Irlanda íam ao lago para ouvirem a canção prateada dos cisnes.

O maravilhoso cantar dos filhos de Lir manteve o povo da Irlanda fascinado durante 300 anos.

Mas, sem demora, chegou o dia para as crianças-cisne deixarem o pai e o seu povo, e partirem para o tempestuoso Mar Irlandês, para cumprir a segunda etapa do seu exílio.

Os cisnes voaram em direcção ao Norte. Nunca mais voltaram a ver a cara do pai.

Day after day Lir came back to the lake to listen.

All the Tuatha Dé Danaan and all the men of Ireland went to the lake to hear the swans' silver song.

The wondrous singing of the Children of Lir held the people of Ireland entranced for three hundred years.

But, too soon, the day came for the swan-children to leave their father and their people, and to go to the angry Irish Sea, to fulfil the second period of their exile.

The swans flew north. They never saw their father's face again.

O Mar Irlandês é uma extensão de água tempestuosa entre a Irlanda e a Escócia. Um mar feroz e gelado sem dúvida que era, e solitário. Não havia ninguém para ouvir a sua canção.

Lá, os ventos árcticos congelavam as suas penas, e eram chicoteados pela água gelada e atirados com violência contra rochedos crueis.

The Irish Sea is a stormy stretch of water between Ireland and Scotland. A fierce and freezing sea it was, and lonely. There was no one to listen to their song.

There, arctic winds froze their feathers, and they were lashed by icy water, dashed against cruel rocks.

Numa noite chegou uma tempestade terrível.

O vento uivava e gemia, e as nuvens negras de trovoada resmungavam. Os relâmpagos rasgavam o céu. As crianças-cisne foram esbofeteadas e separadas violentamente pelas ondas e pelos ventos ferozes.

One night a terrible storm rolled in.

The wind howled and moaned, and thunderclouds groaned. Lightning tore the sky. The swan-children were buffeted and flung apart by the wild winds and waves.

Apenas uma rocha solitária, pouco maior que a cabeça de uma foca, se via acima da água esmagadora. Fionnuala lutou para chegar a essa rocha, e cantou alto para os seus irmãos até eles treparem e ficarem seguros. As ondas esmagadoras arrebentavam contra a rocha encharcando-os em água, fria cortante, e tiveram que se agarrar uns aos outros para evitar serem levados pela água.

Mas a irmã recolheu os seus irmãos por baixo das suas asas e manteu-os próximo dela, Conn ficou debaixo da sua asa direita e Fiacra debaixo da esquerda, e o último irmão, Aed, deitou a sua cabeça contra o peito dela.

Only one solitary rock, no bigger than a seal's head, rose above the crashing water. Fionnuala struggled to that rock, and sang out to her brothers until they crawled up to safety.

The pounding waves exploded against the rock drenching them with water, piercing cold, and they had to cling together to save from being washed away.

But the sister gathered her brothers under her wings and held them close, Conn under her right wing and Fiacra under her left, and the last brother, Aed, laid his head against her breast.

Os 300 anos passaram muito devagar naquele lugar desolado, mas finalmente era altura de cumprirem a terceira e fase final do seu longo encantamento.

"Temos que ir para o Atlântico," disse a Fionnuala aos seus irmãos. "Mas no caminho, vamos voar por cima da nossa casa e ver o nosso pai."

Os cisnes voaram durante a noite, as suas asas largas e brancas batíam e brilhavam no luar como se fossem uma só.

Three hundred years passed slowly in that desolate place, but at last it was time to fulfil the third and final stage of their long enchantment.

"We must go to the Atlantic," Fionnuala said to her brothers. "But on the way, let us fly over our home and see our father."

The swans flew through the night, their wide white wings beating as one, and shining in the moonlight.

Na empalidecida manhã eles voaram por cima da terra onde tinham passado a sua infância, e perscrutaram o solo, na expectativa de verem o forte do seu pai. Mas onde o esplêndido palácio dantes se encontrava, não havia nada mais do que urtigas, que abanavam na brisa.

Já lá ía muito tempo que o pai tinha falecido.

Entoando lamentações fúnebres, os cisnes seguiram o seu caminho.

In the pale morning they flew over the land of their childhood, and scanned the ground, hoping to catch a glimpse of their father's fort. But where Lir's splendid palace had once stood, there was now nothing but nettles, blowing in the breeze. Their father was long since dead.

Keening a lament, the swans flew on.

Finalmente chegaram às costas do Oceano Atlântico, e lá, encontraram uma pequena ilha, chamada Inish Glora. Aqui, ao fim de muito tempo, conseguiram descansar. Mais uma vez sentiam o suave toque do sol a aquecer os seus ossos.

At last they came to the shores of the Atlantic Ocean, and there, they found a tiny island, named Inish Glora. Here, at long last, they rested. Once more they felt the gentle kiss of the sun, warming their bones.

Os cisnes ali ficaram, a esperar e a cantar. Cantavam as velhas canções que se lembravam da sua infância, e todas as aves da terra e do mar se reuniram na ilha para ouvir, encantadas pelo som.

The swans stayed, waiting, and singing. They sang the Old Songs they knew from their youth, and all the birds of the land and of the sea flocked to the island to listen, spellbound.

Foi aqui que eles encontraram o jovem lavrador chamado Evric, que ouviu a sua história e que a contou. E assim a sua história manteve-se presente, nunca foi esquecida e ainda hoje é contada.

Não viram mais ninguém durante muito tempo, até, um dia, um eremita chegar à ilha.

O eremita era um homem sagrado, mas ele não fazia parte dos Danaan, pois já se tinham passado quase 900 anos desde que a Fionnuala e os seus irmãos fossem crianças, e as coisas tinham mudado.

Uma nova raça agora reinava nas terras verdes da Irlanda. Os velhos deuses tinham-se ocultado, transformados em *Sidhe*, Fadas e Ninfas, progressivamente extinguindo-se na mitologia.

It was here that they met the young farmer named Evric, who heard their story, and who told it. And so their tale was kept alive, and we tell it still today.

They saw no one else for a long time, until, one day, a hermit came to the island.

The hermit was a holy man, but he was not of the Danaan, for it was almost nine hundred years since Fionnuala and her brothers were children, and things had changed.

A new race now ruled the green lands of Ireland. The old gods had gone underground, transformed into *Sidhe*, Faery Folk, and faded into myth.

O eremita tinha ouvido falar da Lenda dos Filhos de Lir.
Quando ele ouviu a sua música encantadora ele se
aproximou deles.

"Não tenham medo," disse ele. "Ajudar-vos-ei."

The hermit had heard tell of the legend of the Children of Lir.
When he heard their enchanting music he approached them.
"Do not be afraid," he said. "I will help you."

O eremita construiu uma capela em Inish Glora, e os Filhos de Lir ouvíam o som alto e claro de um sino a tocar, repicando através da ilha.

Ao mesmo tempo, muito longe, faziam-se preparações para um casamento, pois um Rei do Norte estava para casar com uma Rainha do Sul. Esta Rainha também tinha ouvido histórias dos fabulosos cisnes, e queria-os para ela própria. Ela pediu ao seu novo marido para lhos ir buscar, como uma prenda de casamento, e assim ele partiu para os ir apanhar.

The hermit built a chapel on Inish Glora, and the Children of Lir heard the loud clear sound of a bell ringing, pealing out across the island.

At the same time, far away, wedding preparations were being made, for a king from the North was to marry a queen from the South.

This queen had also heard tales of the fabulous swans, and she wanted them for herself. She asked her new husband to get them for her, as a wedding gift, and so he set out to capture them.

Sem dúvida o eremita recusou-lhos, mas o rei capturou os cisnes com força, com a intenção de os levar.

Of course the hermit refused him, but the king seized the swans roughly, meaning to drag them away.

Assim que o rei tocou nos cisnes o feitiço foi quebrado. A plumagem dos cisnes caiu, mostrando, não as belas formas de jovens Danaan, mas infelizmente quatro corpos enrugados e debilitados, com mais de 900 anos de idade. Três homens envelhecidos e uma mulher antiga. Conforme as penas caíram no solo o último bafo de vida desapareceu dos seus corpos.

The moment the king touched the swans the spell was broken. The swans' plumage fell away, revealing, not the radiant forms of Danaan youths, but four shrivelled and wasted bodies, over nine hundred years old - three aged men and one ancient woman. As the feathers floated to the ground the last breath of life left their bodies.

"Enterrem-nos juntos, numa só sepultura," Pediu a Fionnuala.
E assim foi feito. A Fionnuala deitada agarrada aos seus irmãos, com o Conn à sua direita e Fiacra à esquerda, e o último irmão, Aed, com a sua cabeça deitada em cima do peito dela.

E assim os Filhos de Lir finalmente encontraram paz. Mas dizem que o eremita passou o resto da sua vida a lamentar por eles.

"Bury us together, in one grave," Fionnuala asked.
And so it was done. Fionnuala lay holding her brothers close, with Conn on her right, and Fiacra on her left, and the last brother, Aed, laid his head against her breast.

And so the Children of Lir found peace at last. But the hermit, it is said, sorrowed for them to the end of his days.